Nota para los padres y encargados:

Los libros de *Read-it!* Readers son para niños que se inician en el maravilloso camino de la lectura. Estos hermosos libros fomentan la adquisición de destrezas de lectura y el amor a los libros.

 El NIVEL MORADO presenta temas y objetos básicos con palabras de alta frecuencia y patrones de lenguaje sencillos.

 El NIVEL ROJO presenta temas conocidos con palabras comunes y oraciones de patrones repetitivos.

 El NIVEL AZUL presenta nuevas ideas con un vocabulario más amplio y una estructura gramatical más variada.

 El NIVEL AMARILLO presenta ideas más elevadas, un vocabulario extenso y una amplia variedad en la estructura de las oraciones.

 El NIVEL VERDE presenta ideas más complejas, un vocabulario más variado y estructuras del lenguaje más extensas.

 El NIVEL ANARANJADO presenta una amplia de ideas y conceptos con vocabulario más elevado y estructuras gramaticales complejas.

Al leerle un libro a su pequeño, hágalo con calma y pause a menudo para hablar acerca de las ilustraciones. Pídale que pase las páginas y que señale los dibujos y las palabras conocidas. No olvide volverle a leer los cuentos o las partes de los cuentos que más le gusten.

No hay una forma correcta o incorrecta de compartir un libro con los niños. Saque el tiempo para leer con su niña o niño y transmítale así el legado de la lectura.

Adria F. Klein, Ph.D.
Profesora emérita, California State University
San Bernardino, California

Translation and page production: Spanish Educational Publishing, Ltd.
Spanish project management: Jennifer Gillis/Haw River Editorial

First Spanish language edition published in 2007
First American edition published in 2003
Picture Window Books
5115 Excelsior Boulevard
Suite 232
Minneapolis, MN 55416
1-877-845-8392
www.picturewindowbooks.com

First published in Great Britain by Franklin Watts, 96 Leonard Street, London, EC2A 4XD
Text © Susan Gates 2000
Illustration © Anni Axworthy 2000

Spanish translation by Picture Window Books

Printed in the United States of America.

Library of Congress Cataloging-in-Publication Data
Gates, Susan.
[Bill's baggy pants. Spanish]
Los pantalones de Pablo / por Susan Gates ; ilustrado por Anni Axworthy ; traducción,
Sol Robledo.
p. cm. — (Read-it! readers)
Summary: Pablo is very proud of his new baggy pants with the many pockets but when
he goes to buy potatoes for his mother, strange things begin to happen.
ISBN-13: 978-1-4048-2677-9 (hardcover)
ISBN-10: 1-4048-2677-7 (hardcover)
[1. Pants—Fiction. 2. Spanish language materials.] I. Axworthy, Anni, ill. II. Robledo, Sol.
III. Title. IV. Series.

PZ73.G3685 2006
[E]—dc22   2006003593

Los pantalones
de Pablo

por Susan Gates
ilustrado por Anni Axworthy
Traducción: Sol Robledo

Asesoras de lectura:
Adria F. Klein, Ph.D.
Profesora emérita, California State University
San Bernardino, California

Ruth Thomas
Durham Public Schools
Durham, North Carolina

R. Ernice Bookout
Durham Public Schools
Durham, North Carolina

PICTURE WINDOW BOOKS
Minneapolis, Minnesota

La mamá de Pablo le compra
unos pantalones.

Los pantalones son
muy grandes y flojos.

Tienen muchas bolsas.

La mamá de Pablo lo manda
a la tienda.

—Puedo guardar el mandado
en mis bolsas —dijo Pablo.

—Me da unas papas, por favor
—le dice Pablo al tendero.

El tendero le ayuda a llenar
las bolsas de papas.

—No puedo caminar —dijo Pablo.

—Mis pantalones pesan mucho.

Pablo se saca las papas
de las bolsas.

De pronto, el viento se le mete
por los pantalones.

Crecen, crecen y crecen.

—¡Oh, no! —dice Pablo—.
¡Me lleva el viento!

Pablo flota por el cielo.

Flota sobre el pueblo

22

y saluda a su mamá en el jardín.

Su mamá no lo ve.

—¡Mírame, Mamá! —grita Pablo.

De pronto, un pájaro le pica
los pantalones.

¡Se oye sssssss!

Los pantalones se desinflan.

—¡Cuidado! Voy para abajo —grita.

Pablo cae al lado de su mamá en el jardín.

30

—¡Regresaste pronto! —dice ella.

Más *Read-it!* Readers

Con ilustraciones vívidas y cuentos divertidos da gusto
practicar la lectura. Busca más libros a tu nivel.

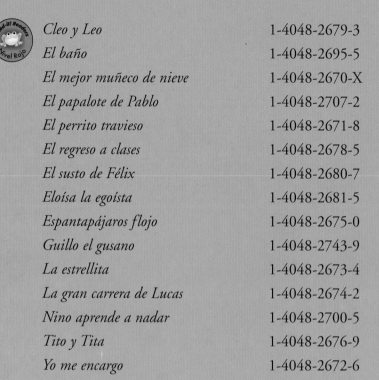

Cleo y Leo	1-4048-2679-3
El baño	1-4048-2695-5
El mejor muñeco de nieve	1-4048-2670-X
El papalote de Pablo	1-4048-2707-2
El perrito travieso	1-4048-2671-8
El regreso a clases	1-4048-2678-5
El susto de Félix	1-4048-2680-7
Eloísa la egoísta	1-4048-2681-5
Espantapájaros flojo	1-4048-2675-0
Guillo el gusano	1-4048-2743-9
La estrellita	1-4048-2673-4
La gran carrera de Lucas	1-4048-2674-2
Nino aprende a nadar	1-4048-2700-5
Tito y Tita	1-4048-2676-9
Yo me encargo	1-4048-2672-6

¿Buscas un título o un nivel específico? La lista completa
de *Read-it!* Readers está en nuestro Web site:
www.picturewindowbooks.com